TABLEAUX

MODERNES

VENTE

DU JEUDI 26 MARS 1874

TABLEAUX

MODERNES

VENTE

DU JEUDI 26 MARS 1874

CONDITIONS DE LA VENTE

Elle sera faite au comptant.

Les acquéreurs payeront cinq centimes par franc en sus des enchères, applicables aux frais.

L'Exposition mettant les adjudicataires à même de se rendre compte de l'état et de la nature des objets, il ne sera admis aucune réclamation une fois l'adjudication prononcée.

CATALOGUE

DES

TABLEAUX

ET DESSINS

PROVENANT EN PARTIE DE LA COLLECTION

DE FEU

C. DUTILLEUX

DONT LA VENTE AURA LIEU

HOTEL DROUOT, SALLE N° 8

Le Jeudi 26 Mars 1874, à deux heures.

EXPOSITIONS

PARTICULIÈRE	PUBLIQUE
Le Mardi 24 Mars 1874,	Le Mercredi 25 Mars 1874,

DE UNE HEURE A CINQ HEURES

COMMISSAIRE-PRISEUR	EXPERT
Mᵉ CHARLES PILLET	M. DURAND-RUEL
10, rue de la Grange-Batelière.	16, rue Laffitte.

PARIS

A M. DURAND-RUEL

Monsieur,

Voulez-vous me permettre de présenter au public la collection de Tableaux, Aquarelles et Dessins *provenant en partie du cabinet de feu Constant Dutilleux et dont vous avez consenti, sur ma demande, à diriger la vente?*

Les liens de famille qui m'attachaient à l'artiste et à l'amateur distingué qui avait réuni la plupart de ces œuvres m'ont permis d'assister, pour ainsi dire jour par jour, à la formation de cette collection.

J'ai été témoin de la vive admiration que ces peintures de choix lui inspiraient. J'ai recueilli de sa bouche, à leur sujet, des renseignements de date et de provenance, qui peuvent avoir de l'intérêt pour l'histoire des deux maîtres illustres, Eugène Delacroix et Corot, qui furent ses amis.

Ce sont ces renseignements que je voudrais fixer ici.

Aux œuvres des maîtres consacrés, aux Diaz, aux Corot, aux Delacroix, etc., j'ai tenu à joindre quelques toiles de Constant Dutilleux lui-même. — Elles ne feront point tache dans l'ensemble.

On comprendra d'ailleurs le sentiment de respect filial qui m'a inspiré ce rapprochement.

Si le nom de Dutilleux n'a pas jusqu'ici pénétré dans le grand public, je suis autorisé à dire que cela tient à l'extrême modestie de cet homme de bien et aux circonstances de sa vie, qui l'ont tenu presque toujours éloigné de Paris. Mais les artistes, bons juges en pareille matière, professaient pour le talent de Dutilleux, pour l'admirable conscience de ses études sur nature, une estime que ratifiera l'opinion publique.

Quelques mots encore :

En reproduisant par l'autographie tous les morceaux de cette collection, j'ai voulu d'abord fixer le souvenir d'œuvres en grand nombre inédites, puis donner, avant l'exposition, une idée approximative, aussi précise que possible, dans sa rapidité sommaire, des tableaux, aquarelles et dessins que les amateurs vont se partager.

Toute description, en raison même du talent d'écrivain de l'auteur, peut être suspectée d'exagération. Ici, rien de tel. — Bien loin de provoquer une illusion parfois décevante, le procédé de reproduction que j'ai adopté réserve aux amateurs d'heureuses surprises.

Cela dit, Monsieur, je vais passer en revue chacun des numéros de notre Catalogue en me bornant aux annotations les plus simples.

Veuillez agréer, etc.

ALFRED ROBAUT.

DÉSIGNATION

DELACROIX (Eug.)

Nota bene. — Ceux des tableaux de Delacroix qui ne sont pas signés ont passé directement du chevalet de l'artiste entre les mains de C. Dutilleux.

N° 1. — Portrait de l'artiste.

Ce portrait est l'un des premiers que le maître ait peints d'après lui-même. Celui qui est entré au Louvre en 1872 est de 1829. Le nôtre a été peint vers 1824, à l'époque du *Massacre de Scio*. La facture, la coloration, la puissance dans les lumières, la transparence dans les ombres et les demi-teintes sont les mêmes.

N° 2. — Petite Fille nue.

Quand Delacroix peignit cette figure d'étude, il était encore à l'atelier de Guérin. Elle date de 1818 ou 1819. On y remarquera déjà le procédé de modelé par hachures, qui est devenu par la suite comme la signature de ses œuvres.

N° 3. — Jeune Lionne.

Œuvre de la première époque du maître.

N° 4. — Éducation d'Achille.

Première pensée de l'un des pendentifs de la bibliothèque du palais législatif.

Delacroix attachait beaucoup d'importance à cette admirable composition. On sait qu'une de ses dispositions testamentaires recommandait expressément que la mine de plomb de ce même sujet fût livrée aux enchères après sa mort. Elle atteignit alors le prix de 2,500 francs.

Peinture à l'huile sur esquisse à la plume.

N° 5. — Esquisse du plafond du salon de la Paix à l'Hôtel de ville, détruit dans l'incendie de mai 1871.

N° 6. — La Grèce expirant sur les ruines de Missolonghi.

Première pensée du grand tableau peint en 1827, appartenant au musée de Bordeaux.

N° 7. — Portrait de Frédéric Chopin.

« ... Il est une autre âme, non moins belle et pure dans son essence, non moins malade et troublée dans ce monde... Je parle de Frédéric Chopin...

« ... Au retour, je le trouvais, à dix heures du soir, pâle devant son piano, les yeux hagards et les cheveux comme dressés sur la tête...

« Nulle âme n'était plus noble, plus délicate, plus désintéressée... Nulle humeur n'était plus inégale, nulle imagination plus ombrageuse et plus délirante, nulle susceptibilité plus impossible à ne pas irriter, nulle exigence de cœur plus impossible à satisfaire. Et rien de tout cela n'était sa faute, à lui. C'était celle de son mal. Son esprit était écorché vif; le pli d'une feuille de rose, l'ombre d'une mouche, le faisaient saigner. »

(*Histoire de ma vie*, par G. Sand.)

N° 8. — Vue générale des environs de Champrosay.

Désir n'a repos. Nous avons recueilli cette vieille devise sur un des carnets du maître. En effet, Delacroix ne travaillait jamais plus qu'à Champrosay, où il se retirait sous prétexte de repos. Là, il emportait pour les copier le soir des estampes de Rubens. Le jour, il peignait, soit dans son jardin, soit dans la forêt de Sénart ou aux environs.

N° 9. — Suzanne au bain.

Souvenir d'une des plus belles œuvres de Rubens, exécuté de mémoire par Delacroix au retour d'un voyage qu'il fit en Belgique vers 1850.

N° 10. — Hercule et Diomède.

De même que l'*Éducation d'Achille* (n° 4), cette toile est peinte sur une esquisse à la plume, très-arrêtée. Delacroix avait une prédilection pour ce procédé que lui rendait facile la certitude de son coup de brosse.

Composition admirable dont il n'existe point d'autre pensée.

N° 11. — Les Bords du fleuve Sebou (Maroc).

Vente du marquis du Lau, 1869.

N° 12. — Lion et Caïman.

Une des dernières et des plus belles productions de Delacroix.

Ce tableau a été lithographié dans ses dimensions en 1864, par Émile Vernier.

N° 13. — Tobie et l'Ange.

Cette toile est une des dernières œuvres du maître. Elle fut terminée en mai 1863, et Delacroix mourut en août de la même année.

Œuvre d'un grand caractère, dans le style des peintures de la chapelle des Saints-Anges, à Saint-Sulpice.

N° 14. — Orphée enseignant aux Grecs les arts de la paix.

Projet pour l'un des deux hémicycles de la bibliothèque du Corps législatif.

Dans ses *Études sur les Beaux-Arts en France*, M. Ch. Clément cite cette composition comme l'une des plus touchantes et des plus poétiques de Delacroix.

Voir à ce sujet également le volume de M. Ernest Chesneau : *les Chefs d'école de la peinture française.*

Aquarelle.

N° 15. — Chasseurs arabes assis dans la campagne. (*Aquarelle.*)

Une des aquarelles les plus importantes et les plus terminées de la vente posthume d'Eugène Delacroix (n° 426).

Delacroix, parlant de l'Afrique, disait un jour à M. Th. Silvestre qui l'a rapporté dans son livre, *les Artistes vivants :*

« L'aspect de cette contrée restera toujours dans mes yeux ; les hommes de cette forte race s'agiteront, tant que je vivrai, dans ma mémoire ; c'est en eux que j'ai vraiment retrouvé la beauté antique. »

N° 16. — Étude d'intérieur. (*Aquarelle.*)

N° 17. — Les Falaises de Trouville. (*Aquarelle.*)

N° 18. — Les Falaises d'Étretat. (*Aquarelle.*)

Peintes vers 1855.

N° 19. — Bouquet de fleurs. (*Aquarelle.*)

N° 20. — Mort de Marc-Aurèle.

Dessin mine de plomb.
Le tableau est au musée de Lyon.

N° 21. — Platon, Xénophon, Socrate, Alcibiade, Aspasie.

Projet pour une partie de la coupole de la bibliothèque du Luxembourg.

Dessin mine de plomb.

COROT

N° 22. — Cathédrale de Chartres.

Cette vue de la façade principale de la cathédrale a été prise de la butte des Barricades (place Châtelet), sept ans avant l'incendie qui dévora toute la toiture de l'édifice. — Après la révolution de 1830, Corot alla à Chartres, où il s'éprit de l'architecture du moyen âge. Il y fit plusieurs études très-scrupuleuses. Celle-ci est la plus importante. La physionomie des lieux a été depuis absolument modifiée.

(Cadre en bois sculpté et doré.)

N° 23. — Vue du Port de La Rochelle.

Œuvre importante dans l'œuvre du maître par la précision minutieuse de l'exécution.

Cette vue a été prise de la fenêtre de l'appartement occupé par l'artiste.

N° 24. — Les Saules de Marisselles (près de Beauvais).

N° 25. — Clair de lune.

Effet très-rare dans l'œuvre du maître. Peint vers 1858.

(Cadre en bois sculpté et doré.)

N° 26. — Le Gros Arbre (près de Honfleur).

Cette œuvre d'un dessin magistral a été peinte vers 1870.

N° 27. — La Liseuse.

Hippolyte Flandrin visitant un jour l'atelier de Corot lui dit :

« Vous mettez dans vos figures ce que nous autres, peintres spéciaux, nous ne savons pas mettre dans les nôtres. »

Le mot nous a paru bon à rappeler ici.

Peinte vers 1868.

N° 28. — La Rivière de Saint-Nicolas (près d'Arras).

C'est en 1872, dans une propriété près d'Arras, où se célébrait son jubilé de cinquantaine d'artiste, que Corot peignit sur nature cette jolie toile.

N° 29. — Souvenir de Coubron.

Peint en 1872, sur nature.

N° 30. — Souvenir de Canteleu (près de Rouen).

Peint en juillet 1872, sur nature.

N° 31. — L'Étang de Ville-d'Avray.

Peint en 1873, sur nature.

N° 32. — Soleil couchant.

Terminé en 1873, sur une toile ancienne.

DUTILLEUX (Constant)

Nous donnons ici deux extraits de la biographie de C. Dutillleux par M. Gustave Colin, son élève et son ami. Ils feront apprécier l'homme et l'artiste.

Pages 6, 7, 8 et 9.

« Les peintres convaincus et *chercheurs* arrivent difficilement aujourd'hui à la célébrité : ils lui font mal la cour d'ordinaire et s'éloignent trop des routes battues pour intéresser à leurs œuvres la grande portion insouciante du public. La poursuite d'un sentiment personnel ou d'une idée qui ne s'inspire pas absolument des traditions, et avant tout le travail sincère, mènent à l'isolement, à un excès de dignité et de modestie...

« Aussi doit-on tenir en singulière estime les artistes convaincus qu'on voit songer à l'œuvre plutôt qu'à la couronne, et attendre pleins de confiance qu'on leur apporte ce qui leur est dû — leur part de soleil et d'applaudissements. Ce sont les *croyants*. Race éternelle commençant au premier homme qui grava sur le roc, qui a ses glorieux et ses martyrs, ses triomphateurs et ses oubliés, et qui, à travers les époques d'indifférence ou de vénalité, entretient la flamme toujours pure et sacrée. La Foi ne donne pas infailliblement le génie, mais l'homme qui l'a reçue de la nature ne saurait être un artiste médiocre. Il appartient à cette série d'hommes, marqués sans doute pour être les pionniers d'un avenir inaperçu ; il se rattache à la grande chaîne qui relie les écoles entre elles, et, glorieux ou ignoré, il a droit à sa place dans les annales de l'art.

Idem, page 125.

« ... Il ne faut pas oublier qu'en 1830, Delacroix était violemment contesté et qu'on lui marchandait déjà une gloire que la postérité doublera sans doute. C'était la belle époque de la lutte entre les romantiques et les classiques. Dutilleux n'hésita pas longtemps à se ranger du côté de la vie, de l'invention et de l'indépendance, comme le témoignent ces quelques lignes :

« Il existe un peintre, un véritable peintre maintenant, le seul qui ne « copie point : c'est Delacroix. Voilà mon grand homme, voilà celui dont les « tableaux portés au Louvre ne feront point une tache comme tels et tels intro- « duits dans la grande galerie depuis quelque temps. Il vient de paraître de

« lui deux belles lithographies, un *lion* et un *tigre*. C'est beau comme un « Delacroix, je n'en sais point le prix, je n'en sais que la beauté. » (Mars 1830.)

De la notice sur *Dutilleux*, par M. C. *Le Gentil*, juge au tribunal civil d'Arras, nous extrayons les lignes suivantes :

Pages 25 et 26.

« Il serait difficile de dire lequel de Delacroix ou de Corot tenait la première place dans l'âme de Dutilleux.

« Lorsque dans ses lettres il parle de Delacroix, Dutilleux dit : C'est un *Géant*. En parlant de Corot, il dit : C'est un *Colosse*.

« Je ne sais pas, ajoute-t-il, si Corot n'est pas encore supérieur à Delacroix ; Corot est le père du paysage moderne. Il n'est pas un paysagiste qui ne procède de lui. — Je n'ai jamais vu un tableau de Corot qui ne fût beau, une ligne qui ne fût quelque chose. »

Constant Dutilleux, né à Douai en 1807, est mort à Paris en 1865.

Nº 33. — Un Tournant de la Scarpe (près d'Arras).

Étude sur nature, 1852.

Cadre en bois sculpté et doré.

Nº 34. — Chenal de Gravelines (Nord).

Peint d'après nature en 1862.

Nº 35. — Pins et Bouleaux (forêt de Fontainebleau).

Decamps, se promenant un jour dans la forêt avec quelques-uns de ses amis, les amena derrière Dutilleux qui travaillait et leur dit : « Messieurs, voyez comment on peint sur nature. »

DIVERS

BARYE

N° 36. — Lion.

N° 37. — Tigre.

Deux aquarelles. — Signées

CHIFFLART (F.)

(Prix de Rome en 1851.)

N° 38. — Les Voleurs et l'Ane.

DAUZATS (A.)

N° 39. — L'Eglise d'Arcachon.

Toile signée : *Arcachon*, 1858. *Dauzats*.
(Vente posthume de l'artiste.)

DIAZ

N° 40. — Nymphes sous bois.

ISABEY (Eug.)

N° 41. — Marine.

JONGKIND

N° 42. — Marine à Scheveningue (soleil levant).

Sur la traverse du châssis, le peintre a écrit au crayon : « A Scheweningen (Hollande). »

LE POITTEVIN (Eug.)

N° 43. — Le Pêcheur.

Toile signée du monogramme Le P. sur le fond du tonneau.

NAZON (H.)

N° 44. — Plage au crépuscule.

ROUSSEAU (Théodore)

N° 45. — Sous bois (forêt de Fontainebleau).

TROYON

N° 46. — Lisière de forêt.

Cette toile a été peinte vers 1840. Elle n'est pas signée. — Le meilleur élève du maître, après un examen minutieux, a déclaré par lettre que l'œuvre est authentique.

P. S. — Nous ne voulons rien ajouter à l'énumération qui précède. Il nous semble que les œuvres elles-mêmes ont toute l'éloquence suffisante. Ce que nous pourrions en dire n'ajouterait rien à leurs mérites.

A. R.

PARIS. — J. CLAYE, IMPRIMEUR, RUE SAINT-BENOIT. — [355]

EUGÈNE
DELACROIX

Nº 1.

2.2½

EUGÈNE DELACROIX

PORTRAIT DE L'ARTISTE

Toile, $0^m,355 - 0^m,275$.

(N'a jamais passé en vente.)

N° 2.

EUGÈNE DELACROIX

PETITE FILLE NUE

Toile, 0m,640 - 0m,800

(N'a jamais passé en vente.)

N° 3.

EUGÈNE DELACROIX

JEUNE LIONNE

Toile, 0m,235 - 0m,315.

(N'a jamais passé en vente.)

N° 4

EUGÈNE DELACROIX

EDUCATION D'ACHILLE

Toile, $0^m,245 - 0^m,300$.

(N'a jamais passé en vente.)

N° 5

1200 500 550

EUGÈNE DELACROIX

ESQUISSE DU PLAFOND DU SALON DE LA PAIX

A L'HÔTEL DE VILLE

Toile. — Diamètre $0^m,460$. (N'a jamais passé en vente.)

N° 6

EUGÈNE DELACROIX

LA GRECE EXPIRANT

SUR LES RUINES DE MISSOLONGHI

Toile, $0^{m},410 - 0^{m},280$. *(N'a jamais passé en vente.)*

N° 7

1560 300 820

EUGÈNE DELACROIX

PORTRAIT DE CHOPIN

Toile, $0^{m},150 - 0^{m},370$. *(N'a jamais passé en vente.)*

N° 8

EUGÈNE DELACROIX

VUE GÉNÉRALE DES ENVIRONS DE CHAMPROSAY

Toile, $0^m,420$ - $0^m,720$.

(Vente posthume de Delacroix, n° 215.)

N° 9

EUGÈNE DELACROIX

SUZANNE AU BAIN

Toile, 0m,270-0m,350. (N'a jamais passé en vente.)

N° 10

EUGÈNE DELACROIX

HERCULE ET DIOMÈDE

Toile, 0^{m},280 - 0^{m},345.

(*Vente posthume d'Eug. Delacroix*, n° 134.)

Gravé dans le *Magasin pittoresque*, Novembre 1866.

N° 11

EUGÈNE DELACROIX

LES BORDS DU FLEUVE SEBOU (MAROC)

Toile, 0m,500-0m,600. *(Vente du marquis du Lau, 1869.)*

Signé à droite et daté 1858. — Exposé au Salon de 1859.

N° 12

EUGÈNE DELACROIX

LION ET CAÏMAN

Panneau, $0^m,285$ - $0^m,365$.

(N'a jamais passé en vente.)

Signé en bas à droite et daté 1863.

N° 13

EUGÈNE DELACROIX

TOBIE ET L'ANGE

Toile, $0^{m},405-0^{m},325$. *(N'a jamais passé en vente.)*

Signé en haut à droite.

No 14

EUGÈNE DELACROIX

ORPHÉE ENSEIGNANT AUX GRECS LES ARTS DE LA PAIX

Aquarelle, 0^{m},480 - 0^{m},610. *(N'a jamais passé en vente.)*

Projet pour l'un des deux hémicycles de la Bibliothèque du Palais législatif.

Signé en bas à droite.

N° 45

EUGÈNE DELACROIX

CHASSEURS ARABES ASSIS DANS LA CAMPAGNE

Aquarelle, 0m,240-0m,215. *(Vente posthume de Delacroix, n° 426.)*

N° 16

EUGÈNE DELACROIX

ETUDE D'INTERIEUR

Aquarelle, 0m,155 - 0m,210.

(Vente posthume de Delacroix, n° 658.)

N° 17

EUGÈNE DELACROIX

LES FALAISES DE TROUVILLE

Aquarelle, 0m,205 – 0m,295.

(Vente posthume de Delacroix, n° 595.)

N° 18

EUGÈNE DELACROIX

LES FALAISES D'ETRETAT

Aquarelle, $0^m,150$ - $0^m,200$

(Vente posthume de Delacroix, n° 595.)

N° 19

EUGÈNE DELACROIX

BOUQUET DE FLEURS

Aquarelle. $0^m,205 - 0^m,260$. *(Vente posthume de Delacroix, n° 625.)*

MORT DE MARC-AURÈLE

Dessin mine de plomb, $0^m,220 \times 0^m,290$. *(Vente posthume E. Delacroix, nº 316 bis.)*

Le tableau est au musée de Lyon

PLATON, XÉNOPHON, SOCRATE, ALCIBIADE, ASPASIE

Dessin mine de plomb, 0m,220 - 0m,290. (*Vente posthume de Delacroix*, n° 260)

Projet pour la coupole du Luxembourg.

COROT

N° 22

COROT

CATHEDRALE DE CHARTRES

Toile, $0^{m},620$ - $0^{m},50$c. Signée en bas à droite et datée 1830.

N° 23

COROT

VUE DU PORT DE LA ROCHELLE

Toile, $0^{m},500$-$0^{m},710$. Signée. — Exposée au Salon de 1852.

Gravée dans les *Artistes vivants* de Th. Silvestre et dans la *Gazette des Beaux-Arts*.

N° 24

COROT

SAULES DE MARISSELLES, PRÈS DE BEAUVAIS.

Toile, $0^m,545$ - $0^m,390$. — Signée. (*N'a jamais passé en vente.*)

N° 25

COROT

CLAIR DE LUNE

Toile, $0^m,270 - 0^m,350$. — Signée.

(N'a jamais passé en vente.)

N° 26

COROT

LE GROS ARBRE, PRES DE HONFLEUR.

Toile, $0^{m},380$-$0^{m},550$. — Signée.

(N'a jamais passé en vente.)

N° 27

COROT

LA LISEUSE

Toile. 0m,730-0m,400. — Signée. *(N'a jamais passé en vente.)*

N° 28

COROT

LA RIVIERE DE SAINT-NICOLAS, PRES D'ARRAS.

Toile, 0m,320 - 0m,640. — Signée

(N'a jamais passé en vente.)

N° 29

COROT

SOUVENIR DE COUBRON

Toile, 0m,465-0m,550. — Signée.

(N'a jamais passé en vente.)

Nº 30

COROT

SOUVENIR DE CANTELEU, PRES DE ROUEN.

Toile, 0m,570-0m,500. — Signée.

(N'a jamais passé en vente.)

N° 31

COROT

L'ETANG DE VILLE-D'AVRAY

Toile, 0m,460-0m,830. — Signée.

(N'a jamais passé en vente.)

No 32

COROT

SOLEIL COUCHANT

Toile, $0^m,495$-$0^m,365$. — Signée. *(N'a jamais assé en vente.)*

CONSTANT

DUTILLEUX

NÉ A DOUAI EN 1807

MORT A PARIS EN 1865

N° 33

CONSTANT DUTILLEUX

UN TOURNANT DE LA SCARPE, PRÈS D'ARRAS.

Toile, $0^m,160$ - $0^m,600$. Signée à gauche.

CONSTANT DUTILLEUX

CHENAL DE GRAVELINES (NORD)

Toile, $0^{m},420 - 0^{m},600$.

Signée en bas à droite.

CONSTANT DUTILLEUX

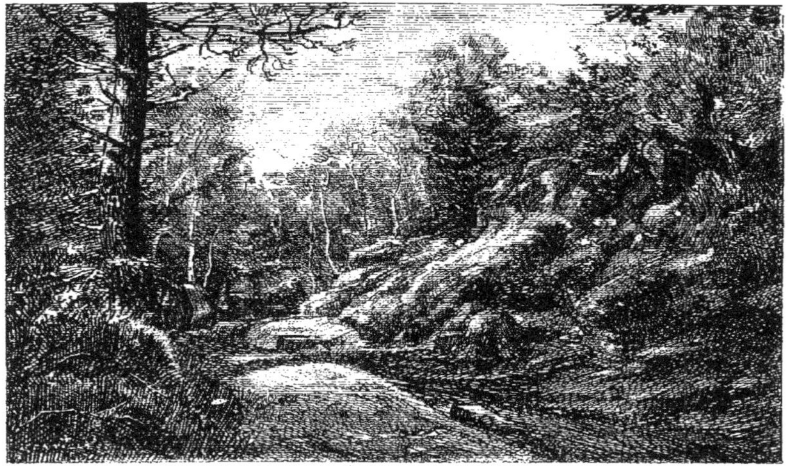

PINS ET BOULEAUX (FORÊT DE FONTAINEBLEAU)

Panneau, $0^m,400 - 0^m,540$. Signé.

DIVERS

BARYE — CHIFFLART — DAUZATS — DIAZ — ISABEY

JONGKIND — LE POITTEVIN

NAZON — TH. ROUSSEAU — TROYON

N° 36

BARYE

LION

Aquarelle, $0^m,190 - 0^m,275$. Signée.

No 37.

BARYE

TIGRE

Aquarelle, 0m,190-0m,275. Signée.

N° 38.

F. CHIFFLART

LES VOLEURS ET L'ANE

Toile, 0^m,480 - 0^m,600.

Signée F. C.

N° 39.

A. DAUZATS

L'ÉGLISE D'ARCACHON

Toile, 0m,260-0m,370.

Signée : Arcachou, 1858, A. Dauzats.

N° 40.

DIAZ

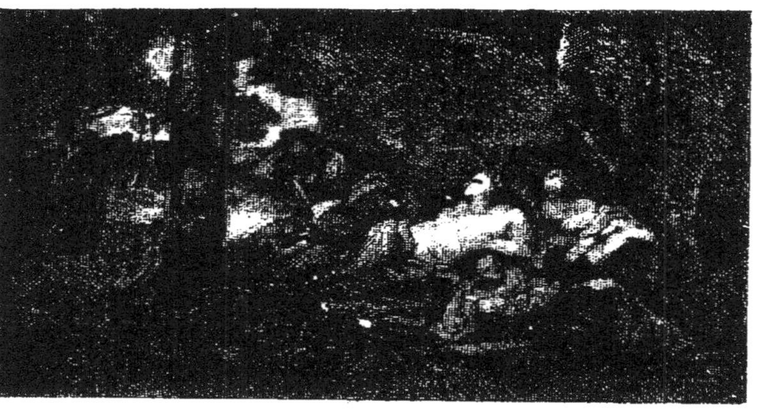

NYMPHES SOUS BOIS

Toile 0m,250-0m,395.

N° 41

EUG. ISABEY

MARINE

Panneau, 0m,320-0m,450. — Signé à droite et daté 1861.

N° 42

JONGKIND

MARINE A SCHEVENINGUE — SOLEIL LEVANT

Signée, datée.

Toile, $0^{m},220 \times 0^{m},325$.

No 43

EUG. LE POITTEVIN

LE PÊCHEUR

Toile, 0m,405 - 0m,320. (Vente posthume de l'artiste, no 42.)

Signée du monogramme LE P.

N° 44

H. NAZON

PLAGE AU CREPUSCULE

Toile, $0^m,300$-$0^m,600$. Exposée au Salon de 1858.

N° 45

TH. ROUSSEAU

SOUS BOIS (FORÊT DE FONTAINEBLEAU)

Panneau, $0^{m},220$-$0^{m},160$.

Signé du monogramme Th. R.

Nº 46

C. TROYON

LISIERE DE FORÊT

Toile, $0^{m},430 - 0^{m},540$.

RED. :

21

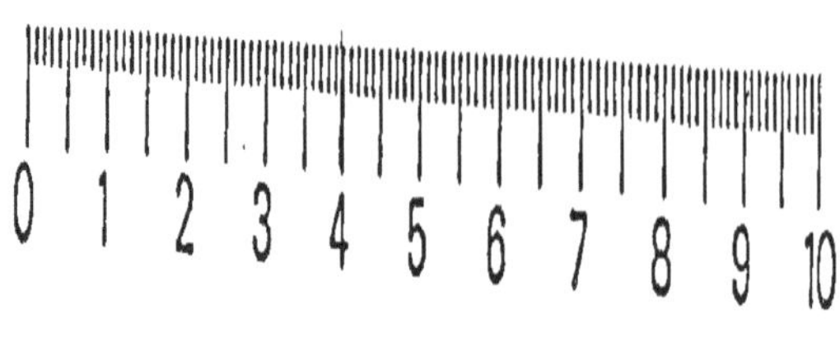

www.ingramcontent.com/pod-product-compliance
Ingram Content Group UK Ltd.
Pitfield, Milton Keynes, MK11 3LW, UK
UKHW021544260726
13993UKWH00002B/629

9 782329 323466